투명인간이 된 스탠리

SEOUL, 2002

투명인간이 된 스탠리

초판 제1쇄 발행일 2002년 6월 2일
초판 제76쇄 발행일 2022년 3월 20일
글 제프 브라운 그림 양정아 옮김 지혜연
발행인 박헌용, 윤호권 발행처 (주)시공사
주소 서울시 성동구 상원1길 22, 6-8층 (우편번호 04779)
대표전화 02-3486-6877 팩스(주문) 02-585-1247
홈페이지 www.sigongsa.com/www.sigongjunior.com

ISBN 978-89-527-8626-5 74840
ISBN 978-89-527-5579-7 (세트)

*시공사는 시공간을 넘는 무한한 콘텐츠 세상을 만듭니다.
*시공사는 더 나은 내일을 함께 만들 여러분의 소중한 의견을 기다립니다.
*잘못 만들어진 책은 구입하신 곳에서 바꾸어 드립니다.

KC마크는 이 제품이 공통안전기준에 적합하였음을 의미합니다.
제조국 : 대한민국 사용 연령 : 8세 이상
책장에 손이 베이지 않게, 모서리에 다치지 않게 주의하세요.

투명인간이 된 스탠리

제프 브라운 글 · 양정아 그림 · 지혜연 옮김

시공주니어

차 례

로버트 브라운에게

투명인간이 된 스탠리

폭풍우가 치는 날 밤

스탠리는 침대에 누워 컴컴한 천장을 바라보며 중얼거렸습니다.

"도대체 잠이 안 오네. 비가 와서 그런가……."

건너편 침대에서는 아무런 움직임도 없었고, 어떤 소리도 들리지 않았습니다.

스탠리가 다시 말했습니다.

"아, 배
도 너무 고프다.
아서, 자니?"

아서가 대답
했습니다.

"아니, 안 자.
형 때문에 깼어."

스탠리는 부엌에 가서 사과 하나를
들고 방으로 돌아왔습니다. 그러고는 창문 옆에 앉
아 사과를 아삭아삭 베어 먹었습니다.

비는 점점 더 세차게 퍼부었습니다.

스탠리가 말했습니다.

"여전히 배가 고프네."

아서가 잠에서 덜 깬 목소리로 중얼거렸습니다.

"건포도가 있을 거야…… 선반 위에……."

우르릉 쾅쾅! 번쩍번쩍!

천둥이 울리고, 번개가 쳤습니다.

스탠리는 창문 옆에 있는 선반에서 자그마한 건포도 상자를 찾아 냈습니다. 그러고는 건포도를 와작와작 씹어 먹었습니다.

우르릉 쾅쾅! 번쩍번쩍!

스탠리는 아랑곳하지 않고 건포도를 계속 먹었습니다.

우르릉 쾅쾅! 번쩍번쩍!

아서가 하품을 하면서 말했습니다.

"형, 이제 잠이나 자. 그만하면 배고픔은 가셨을 거야."

스탠리는 침대로 돌아가며 중얼거렸습니다.

"하긴 이젠 배가 고프지

는 않아. 그런데 기분이 좀…… 음…… 이상한 것
같네."

그러더니 스탠리는 잠이 들었습니다.

1. 스탠리가 사라졌어요!

램촙 부인이 남편 조지 램촙 씨에게 말했습니다.

"아침 식사가 다 준비됐어요. 어서 아이들을 깨워 야겠어요."

바로 그 때, 형 스탠리하고 한 방을 쓰고 있는 동생 아서가 방에서 소리쳤습니다.

"어이, 이리 좀 와 보세요! 어이!"

램촙 씨 부부는 미소를 지으며 이처럼 시작되었던 날 아침을 떠올렸습니다.

커다란 게시판이 한밤중에 스탠리 위로 떨어져서

스탠리가 납작하게 되었던 날 말입니다. 몇 주 후, 아서가 자전거 바퀴에 바람을 넣는 펌프로, 스탠리 몸에 공기를 불어 넣어 스탠리를 다시 통통한 모습으로 되돌리기 전까지 스탠리는 납작한 상태로 지내야만 했습니다.

다시 아서가 소리쳤습니다.

"어이, 오시는 거예요? 어이!"

램촙 부인은 예의바른 태도와 공손한 말씨에 각별히 신경을 쓰는 편이었습니다.

램촙 부인은 방으로 들어서며 주의를 주었습니다.

"아서야, '어이'가 뭐니? 소를 모는 것도 아니고. 그건 사람을 부를 때 쓰는 말이 아니란다. 항상 기억해 둬라."

"잘못했어요. 그런데 스탠리 형의 목소리는 들리는데 어디 있는지 보이지는 않아요!"

아서가 고개를 갸우뚱거리며 말했습니다.

램촙 씨 부부는 방을 휙 둘러보았습니다. 침대에 덮여 있는 이불 위로 스탠리의 윤곽이 뚜렷이 드러나 있고 베개도 머리를 괴고 누운 듯 움푹 꺼져 있었지만, 스탠리의 모습은 전혀 보이지 않았습니다.

"왜 그렇게 빤히 쳐다보시는 거예요?"

스탠리의 목소리가 들려 왔습니다.

램촙 씨는 미소를 지으며 침대 밑을 살펴보았습니다. 하지만 침대 밑에는 슬리퍼 한 짝과 낡은 테니스공 외에는 아무것도 없었습니다.

램촙 씨가 말했습니다.

"여긴 없는데."

아서가 손을 내밀어 더듬어 보았습니다.

"아야!"

스탠리가 소리를 질렀습니다.

"야, 내 코를 찌르면 어떡해!"

아서는 깜짝 놀라 숨을 훅 하고 멈췄습니다.

램촙 부인이 한 걸음 앞으로 걸어 나오면서 말했습니다.

"미안하지만……."

램촙 부인은 두 손으로 조심스럽게 여기저기를 더듬어 보았습니다.

침대에서 낄낄거리는 소리가 났습니다.

"간지러워요!"

램촙 부인이 깜짝 놀라 소리쳤습니다.

"아니, 세상에!"

희한한 일이 벌어질 때마다 늘 그랬듯이 램촙 씨 부부는 서로 마주 보았습니다. 스탠리가 납작해졌을 때와 스탠리와 아서가 우연히 램프에서 불러 낸 요술쟁이 하라즈 왕자를 보았을 때처럼 말입니다.

램촙 부인은 숨을 깊이 들이마시고 나서 말했습니다.

"조지, 우린 이 사실을 그대로 받아들여야 해요. 스탠리가 이번엔 투명인간이 되었나 봐요."

램촙 부인의 말에 맞장구 치는 소리가 들려 왔습니다.

"엄마 말이 맞아요! 내 발이 보이지 않아요! 잠옷도 보이지 않아요!"

램촙 씨가 말했습니다.

"살다 살다 별일을 다 보는군. 아니 '본다' 고 하기에도 좀 그렇네. 스탠리, 한번 다른 잠옷으로 갈아입어 봐라."

스탠리는 침대에서 일어나 다른 잠옷을 걸쳐 보았습니다. 하지만 그 잠옷 역시 걸치는 순간 사라졌다가 벗어 버리자 다시 보였습니다. 그 다음, 셔츠와 바지를 걸쳐 보았지만, 그것도 마찬가지였습니다.

램촙 부인이 고개를 저으며 말했습니다.

"아이고머니! 스탠리, 이제 네가 어디 있는지 알려면 어떻게 해야 할까?"

아서가 말했습니다.

"좋은 생각이 있어요!"

아서는 침대에 묶인 채 둥둥 떠 있는 빨간 풍선의 줄을 풀어 형에게 건네 주었습니다. 그 풍선은 생일 파티 때 쓰고 남은 것이었습니다.

"이렇게 잡아 봐."

그러자 풍선만 둥둥 떠 있는 것처럼 보였습니다.

램촙 부인이 기뻐서 소리쳤습니다.

"됐다! 이제 스탠리가 어디에 있는지 대충 알 것 같다. 자, 다들 아침부터 들어요. 그러고 나서 조지, 우리 댄 의사 선생님께 가 봐요. 이 일에 대해 뭐라고 하시는지 들어 봐야겠어요."

2. 풍선에 그려 넣은 스탠리 얼굴

의사 선생님이 물었습니다.

"아니 난데없이 웬 빨간 풍선이죠? 하기야 특별히 신경 쓰실 건 없습니다. 램촙 씨, 램촙 부인, 안녕하셨습니까? 간호원이 스탠리 때문에 오셨다고 하던데, 또다시 납작해진 건 아니겠죠?"

램촙 부인이 대답했습니다.

"아니에요, 그렇진 않아요. 스탠리는 여전히 통통하답니다."

의사 선생님이 말했습니다.

21

"그 또래의 아이들은 대부분 통통하지요. 자, 그럼 스탠리에게 들어오라고 하세요."

"전 여기 있는데요."

스탠리는 그렇게 말하고 나서 의사 선생님 바로 앞으로 다가가 다시 말했습니다.

"풍선을 들고 있는 게 저예요."

의사 선생님이 말했습니다.

"하하하, 램촙 씨! 입을 움직이지 않으면서 이야기하는 재주가 상당히 뛰어나시군요! 그렇게 속이 훤히 들여다보이는 장난을 하시다니!"

램촙 씨가 답답한 듯 얼굴을 찡그리며 말했습니다.

"속이 훤히 들여다보이게 된 건 바로 스탠리예요."

의사 선생님이 물었습니다.

"뭐라고요?"

램촙 부인이 차분히 설명했습니다.

"한밤중에 스탠리가 투명인간이 되었어요. 그래서

얼마나 걱정이 되는지 몰라요."

의사 선생님은 스탠리가 들고 있는 풍선을 똑바로 쳐다 보며 물었습니다.

"머리는 안 아프니? 목은 따갑지 않고? 속은 괜찮아?"

스탠리가 대답했습니다.

"전 괜찮아요."

의사 선생님이 고개를 절레절레 흔들며 말했습니다.

"음, 솔직히 수 년 동안 많은 훈련과 경험을 쌓았지만, 이런 경우는 처음입니다. 하지만 프란츠 게마이스터 박사가 쓴 의학 책 중 하나인 '불가사의한 경우'라는 책이 도움이 될 것 같군요."

의사 선생님은 그의 뒤쪽에 있는 선반에서 커다란 책을 꺼내서 이리저리 뒤적였습니다.

"아하! '투명인간이 된 경우'는 134쪽에 나오는군요. 음, 하지만 안타깝게도 그다지 자세한 설명은 없

군요. 1851년 프랑스에 사는 플랑크 부인이 비를 맞
으며 바나나를 먹다가 사라졌다고 하네요. 그리고
1923년 스페인 곤잘레스에 사는 열한 살짜리 쌍둥
이 형제가 과일 샐러드를 먹다가 투명인간이 됐는
데, 번개가 쳤다고 하네요. 가장 최근에 사라진 사람
은 1968년 움보크라는 에스키모 추장인데, 눈보라

속에서 복숭아 통조림을 먹던 모습이 마지막이었다고 하네요."

의사 선생님은 책을 다시 선반에 꽂고 나서 계속 이야기했습니다.

"그렇군요. 게마이스터는 고약한 날씨와 과일은 서로 관계가 있다고 생각했습니다."

스탠리가 끼어들며 말했습니다.

"어젯밤에 폭풍우가 몰아쳤어요. 그런데 제가 사과를 먹었거든요. 참 건포도도 먹었어요."

의사 선생님이 말했습니다.

"그랬구나. 램촙 씨, 램촙 부인, 우린 이 모든 상황을 좋게 생각할 필요가 있습니다. 스탠리는 보이지 않는 것만 빼면 더할 나위 없이 건강합니다. 앞으로 계속 스탠리를 주의 깊게 지켜 봐야겠습니다."

램촙 씨가 말했습니다.

"근데 왜 입고 있는 옷까지 보이지 않는 걸까요?"

의사 선생님이 대답했습니다.

"글쎄요, 그건 제 분야가 아니라서 저도 잘 모르겠습니다. 그 문제에 대해서는 섬유 전문가에게 물어보는 게 좋을 것 같습니다."

램촙 부인이 말했습니다.

"선생님, 시간을 내주셔서 정말 감사합니다. 여보, 이제 가요. 스탠리도…… 스탠리, 어디 있니? 아하! 풍선을 조금 높게 들고 있도록 해라. 그럼 댄 선생님, 안녕히 계세요."

저녁 식사 시간이 가까워지자 램촙 씨 부부와 아서는 우울해졌습니다. 빨간 풍선은 스탠리가 어디 있는지 알려 주는 데 큰 도움이 되지만, 풍선을 보고 있으니까 스탠리의 얼굴과 다정한 미소가 더욱더 그리워졌기 때문입니다.

저녁 식사를 한 후, 손재주가 뛰어난 램촙 부인은

빨간 풍선을 하얀 풍선으로
바꾸고는 그림 물감을 꺼내
왔습니다. 그런 다음 네 가
지 색 물감과 몇 개의 가느
다란 붓을 사용해 하얀 풍선
에 미소짓는 스탠리 얼굴을 그려
넣었습니다. 그 모습은 스탠리의 실
제 모습과 아주 비슷했습니다.

어느 새 모두 기분이 좋아졌습니다. 스탠리도 거
울을 들여다보며 이전의 자신으로 돌아간 것 같다고
말했습니다.

3. 신문에 실린 스탠리

다음 날, 램촙 부인은 스탠리의 담임 선생님에게 편지를 적었습니다. 그런 다음 그것을 풍선 줄에 단단히 매달아 스탠리가 선생님에게 편지를 전할 수 있도록 했습니다.

편지에는 이렇게 쓰여 있었습니다.

벤칠리 선생님께
스탠리가 뜻밖에도 투명인간이 되었답니다.
이 풍선은 스탠리가 어디쯤에 있는지 파악하는 데

매우 쓸모가 있을 것입니다.

해리엇 램춥 올림.

벤칠리 선생님이 반 아이들에게 말했습니다.

"스탠리가 있다고 생각되는 곳을 너무 빤히 쳐다 보지 마세요. 스탠리의 상태에 대해서도 수군거리지 말고요."

하지만 스탠리에 대한 소문은 온 도시에 퍼졌고, 급기야 신문사 기자까지 학교로 찾아왔습니다.

다음 날 아침, 스탠리에 대한 기사가 신문에 대문짝만하게 실렸습니다.

'미소를 짓고 있는 학생'

한때 모든 사람들의 눈에 멀쩡하게 보이던 학생이 하루 아침에 투명인간이 되다!

신문엔 두 장의 사진이 실렸는데, 사진 밑에는 '이전'과 '이후'라고 쓰여 있었습니다.

'이전'이라고 쓰여 있는 사진은 벤칠리 선생님이 일 주일 전에 찍은 것으로, 스탠리가 책상에 앉아 미소를 짓고 있는 것이었습니다. '이후'라고 쓰여 있는 사진은 기자가 찍은 것으로, 스탠리는 온데간데 없고 단지 빈 책상과 미소짓는 스탠리 얼굴이 그려

진 풍선이 공중에 둥둥 떠 있는 것이었습니다.

기사에는 벤칠리 선생님이 한 말이 그대로 실려 있었습니다.

'스탠리가 실제로 책상에 앉아 있으며, 짐작건대 분명히 미소짓고 있을 것입니다.'

램촙 씨 부부는 그 신문을 다른 지방에 사는 친구들에게 보내기 위해 몇 부 더 샀습니다. 램촙 부인은 여러 가지 색깔로 그린 그림이 흑백으로 인쇄되어 그 느낌이 잘 표현되지 않았다며 서운해했지만, 대체로 사진은 잘 나온 것 같다고 말했습니다.

아서는 '투명인간의 동생'이라는 사진이 함께 실렸으면 더 흥미롭지 않았겠냐고 안타까워하면서, 기자가 또다시 찾아오면 그렇게 말해 보라고 스탠리에게 제안했습니다.

스탠리가 투명인간이 된 후, 램촙 씨 부부가 걱정

했던 대로 여러 가지 유혹이 생겼습니다. 스탠리는 그런 유혹들을 이겨 내야만 했습니다. 사람들을 엿 본다든가, 살금살금 다가가 남의 말을 엿듣는 일은 나쁜 일이기 때문입니다.

어느 토요일 오후, 램촙 씨 가족이 영화를 보러 갔 을 때, 유혹을 이겨 내지 못한 사람은 바로 아서였습 니다.

표를 파는 창구 앞에서 아서가 속삭였습니다.

"스탠리 형의 표는 사지 마세요. 그냥 풍선만 감추 면 되잖아요. 누가 알겠어요?"

"그건 남을 속이는 일이란다."

램촙 부인은 아서를 타이르고 나서 표를 파는 여 자에게 말했습니다.

"네 장이요. 보시다시피 코트를 벗어 놓을 자리가 필요하거든요."

아서는 극장 안으로 들어가면서 투덜댔습니다.

"그것도 결국 속이는 거 아닌가요?"

"하지만 그건 사람들에게 해를 끼치지 않으려고 한 일이잖니."

램촙 씨는 스탠리의 풍선을 의자 밑으로 밀어 넣으면서 말했습니다.

영화가 막 시작했을 때, 키가 큰 남자가 스탠리 바로 앞에 자리를 잡고 앉아 스탠리가 영화

를 보는 걸 방해했습니다. 그래서 램촙 씨는 스탠리가 화면을 잘 볼 수 있도록 자신의 무릎에 스탠리를 앉혔습니다.

한편 램촙 씨 뒤에 앉아 있는 사람들은 스탠리의 몸을 꿰뚫고 화면을 볼 수 있었기에 아무 눈치도 채지 못하고 영화를 보았습니다. 스탠리도 역시 재밌게 영화를 봤습니다.

아서가 영화관에서 나오면서 말했습니다.

"그것 봐요, 어차피 스탠리 형 자리는 필요도 없었잖아요."

"네 말도 맞다."

다리에 쥐가 난 램촙 씨가 얼굴을 찡그리며 대답했습니다.

4. 스탠리의 눈부신 활약

일요일 오후였습니다. 아서는 친구 집에 놀러 갔고, 램촙 씨 부부는 스탠리와 함께 가까운 공원으로 산책을 나갔습니다.

거리는 사람들로 북적거렸고, 스탠리는 바삐 지나다니는 사람들과 부딪쳐 다칠까 봐 풍선을 꼭 들고 다녔습니다.

공원 근처에서 램촙 씨 가족은 램촙 씨의 대학 친구인 랄프 존스 씨를 만났습니다.

존스 씨가 말을 붙였습니다.

"조지, 자네 가족과 이렇게 우연히 마주치는 일은 언제나 기쁜 일이라네. 내 기억으로는 한 번은 큰 아이가 납작하게 됐을 땐데, 자네가 그 아이를 돌돌 말아서 들고 있었지. 그리고 또 한 번은 자네가 외국에서 온 학생과 함께 있을 때였는데, 어느 나라 왕자라고 하지 않았나?"

"정말 자네 기억력은 대단하구먼."

램촙 씨는 그 당시 그들과 함께 있었던 하라즈 왕자를 '외국 학생'으로 소개한 걸 떠올리며 대답했습니다.

램촙 부인도 인사를 건넸습니다.

"랄프 씨, 안녕하셨어요? 스탠리, 존스 아저씨께 인사를 드려야지."

존스 씨가 말했습니다.

"그 동안 잘 지내셨나요! 둥둥 떠 있는 이 풍선은 뭔가요? 음, 그리고 스탠리는 어디 있는 거죠?"

스탠리가 대답했습니다.

"풍선을 들고 있는 게 저예요. 어쩌다가 그만 투명 인간이 됐거든요."

존스 씨는 고개를 저으며 말했습니다.

"허, 참! 그렇게 됐니? 처음엔 납작해지더니, 이번 엔 투명인간이라. 아이들은 언제나 이런저런 일들을 일으킨다니까. 그렇지 않나, 조지? 난 큰 놈 때문에 치과에 가는 길이었네. 아이고, 서둘러야겠군! 그나 저나 파우지 무스타파 아슬란 미르자 멜렉 나메르드 하라즈 왕자에게 안부를 전해 주게, 그 이름이 맞는 지 모르겠구먼."

존스 씨가 자리를 뜨자 램촙 부인이 말했습니다.

"정말 기억력이 대단한 분이세요."

램촙 씨 부부는 공원 광장 옆에서 앉아서 쉴 만한 벤치를 발견했습니다.

광장에서 아이들은 크게 원을 그리며 자전거 경주를 하고 있었습니다. 그 때, 갑자기 누군가가 소리를 쳤습니다.

"빌리, 그만 포기해라! 빌리, 넌 정말 형편 없구나! 빌리, 빌리, 빌리 바보. 자전거도 제대로 못 타는 바보!"

램촙 부인이 말했습니다.

"저 아이가 빌리라는 아인가 봐요! 다른 아이들보다 한참 뒤처져 있는 저 자그마한 아이 말이에요. 오, 저런! 정말 뒤뚱뒤뚱거리네요. 꼭 옆으로 쓰러질 것 같아요!"

스탠리는 문득 자전거를 처음 타던 날이 생각났습니다. 자기가 넘어지지 않도록 자전거를 잡아 주던 아빠의 모습이 떠올랐습니다.

'불쌍한 빌리! 그래, 내가 도와 줘야겠다!'

스탠리는 그렇게 마음을 먹고 벤치에 풍선을 묶었

41

습니다.

　빌리가 한 바퀴 돌아 다시
스탠리 가족 곁으로 왔을 때,
스탠리는 광장으로 쏜살같
이 뛰어나갔습니다. 그런 다음 뒤뚱거리던 자전거
를 뒤에서 잡고 쌩쌩 달리기 시작했습니다.

　빌리는 갑자기 자전거가 속도를 내자 놀라서 소리
쳤습니다.

　　　　　　　　　　"어어어……!"

　　　　　　　　스탠리는 자전거
　　　　　　　　를 꼭 잡고 더 빨

리 달렸습니다. 자전거의 페달은 정신 없이 아래위로 움직였고, 자전거의 바퀴는 점점 더 빨리 돌아갔습니다.

　빌리가 소리쳤습니다.

　"야호!"

스탠리는 있는 힘껏 달렸습니다. 빌리는 어느 새 앞서 가던 아이들을 하나 둘 차례대로 따라잡았습니다.

빌리가 자전거를 타고 있던 다른 아이들을 모두 제치게 되자, 스탠리는 숨을 거칠게 몰아쉬면서 자전거를 잡고 있던 손을 놓았습니다.

"야호!"

빌리는 그렇게 소리치며 혼자의 힘으로 광장을 한 바퀴 더 돌았습니다.

다른 아이들이 소리쳤습니다.

"빌리, 네가 이겼다!"

"어떻게 그렇게 잘 타게 됐니? 그것도 이렇게 갑자기!"

"지금까지 우리를 감쪽같이 속였구나!"

스탠리는 숨을 돌린 다음, 램촙 씨 부부가 앉아 있는 벤치로 돌아왔습니다.

　램촙 씨는 어떻게 된 일인지 잘 알면서도 시치미
를 떼고 말했습니다.

　"스탠리, 네가 못 봐서 정말 안타깝구나. 뒤뚱거리
던 저 조그마한 아이가 갑자기 자전거를 얼마나 잘
타게 됐는지 아니?"

　스탠리도 똑같이 시치미를 떼고 말했습니다.

　"어머, 그래요? 전 딴 데 보느라고 제대로 못 봤거

든요."

램춉 씨는 장난삼아 팔꿈치로 스탠리의 가슴을 살짝 찔렀습니다.

삼십 분쯤 지나자 램춉 부인은 그들이 햇볕에 너무 오랫동안 앉아 있는 것 같아 걱정이 되었습니다. 더욱이 스탠리의 경우 햇볕에 심하게 그을려도 알 수 있는 방법이 없기 때문에 더욱더 염려스러웠습니다.

바로 그 때, 한 젊은 남자와 예쁜 여자가 손을 잡고 램춉 씨 가족 앞으로 천천히 걸어오더니 근처에 있는 숲에서 멈춰 섰습니다.

램춉 부인이 말했습니다.

"저 청년이 바로 필립이에요. 저랑 친한 친구인, 호그손 부인의 아들이죠. 아, 저 처녀가 바로 애인인 루시아인가 봐요. 정말 안타까운 일이에요! 저

두 사람은 서로 사랑하는 사이고, 필립은 정말로 루시아와 결혼하고 싶어하죠. 그런데 필립이 수줍음을 너무 많이 타는 게 문제예요. 호그손 부인 말에 의하면 필립이 몇 번이고 결혼해 달라는 이야기를 꺼내려고 했지만, 매번 용기를 내질 못했대요. 그리고 루시아 역시 너무 얌전하고 숫기가 없어서 필립으로부터 결혼해 달라는 말을 이끌어 내지 못하고 있나 봐요."

램촙 씨는 수줍음과는 거리가 멀었습니다. 램촙 씨가 말했습니다.

"그럼 내가 가서 인사를 건네면서 필립 대신 결혼 얘기를 꺼내 봐야겠군."

램촙 부인은 고개를 저으면서 말했습니다.

"안 돼요, 조지. 루시아는 필립에게 직접 결혼하자는 얘길 들어야 해요."

스탠리에게 좋은 생각이 떠올랐습니다.

"곧 돌아올게요."

스탠리는 그렇게 말하더니 젊은 연인이 서 있는 숲으로 달려갔습니다. 그러고는 그들 곁에서 꼼짝하지 않고 조용히 서 있었습니다.

필립이 말을 하고 있었습니다.

"오늘은 날씨가 무척 좋군요. 루시아, 당신도 그렇게 생각하죠? 비가 올 거라고 했지만, 누가 이럴 줄 알았겠어요?"

루시아가 대답했습니다.

"필립, 당신 말이 맞아요. 날씨에 대해서는 전 당신 의견이 제일 옳다고 생각해요."

필립은 조금 떨리는 목소리로 입을 뗐습니다.

"당신은 정말정말 친절해요. 루시아, 물어보고 싶은 게 있는데…… 저…… 혹시 당신이 이런 나의 마음을……."

필립은 침을 꿀꺽 삼키더니 엉뚱하게 덧붙였습

니다.

"옷이 정말 당신에게 잘 어울리는군요!"

루시아가 대답했습니다.

"고마워요. 저도 당신 넥타이가 정말 마음에 들어요. 필립, 그런데 아까 무슨 말을 하려고 했죠?"

필립이 말했습니다.

"아하! 그렇지, 그래! 내가 원하는 건 바로 당, 당신과……

오, 이런! 난 정말로……."

필립은 살짝

입술을 깨물더니 화제를 돌렸
습니다.

"저것 좀 봐요! 서쪽 하늘
에 먹구름이 잔뜩 끼어 있
어요! 결국 비가 오려나
봐요."

금방이라도 눈물을
흘릴 듯 그렁그렁한
눈을 하고 루시아가
말했습니다.

"비가 오지 않았으
면 좋겠어요. 만일 비
가 온다면 …… 음,
옷이 푹 젖을 테니
까요."

'정말 따분

하군.'

스탠리는 마음이 답답했습니다.

대화 내용은 점점 더 따분하게 흘러갔습니다. 필립은 몇 번이고 결혼해 달라는 이야기를 꺼내려고 했지만, 날씨라든지 나무 그리고 공원에서 놀고 있는 아이들 얘기로 화제를 돌렸습니다.

"루시아, 묻고 싶은 게 있어요."

그게 아마 스무 번쯤은 계속되었던 시도였을 것입니다.

"만약 당신이······ 내 말은······ 만약 당신이······ 만약······."

"네? 필립, 무슨 말인데요? 물어보고 싶은 게 뭔데요?"

루시아도 아마 스무 번쯤은 그렇게 되물었을 것입니다.

스탠리는 몸을 앞으로 기울였습니다.

필립이 다시 입을 뗐습니다.

"루시아?…… 음…… 아…… 저……."

"나와 결혼해 주겠어요?"

스탠리는 필립의 목소리를 흉내내어 불쑥 그렇게
말했습니다.

루시아가 눈을 크게 뜨고 대답했습니다.

"음…… 좋아요, 필립! 당신의 마음을 받아들이겠어요. 당신과 결혼할게요."

필립은 마치 금방이라도 쓰러질 듯한 표정을 짓고는 되물었습니다.

"뭐라고요? 아니 내가……? 루시아, 정말 그렇게 해 주겠어요?"

루시아는 필립을 꼭 끌어안았고, 둘은 입을 맞추었습니다.

필립이 큰 소리로 말했습니다.

"내가 드디어 결혼하자는 말을 했어. 내가 용기를 내어 그 말을 했다는 게 믿어지지가 않아!"

'당신이 한 게 아니죠.'

스탠리는 속으로 중얼거렸습니다.

램촙 씨 부부는 흐뭇한 미소를 지으며 사랑하는 젊은 연인들이 서로 끌어안는 것을 바라보았습니다.

"잘했다, 스탠리!"

스탠리가 벤치로 돌아왔을 때, 램촙 씨 부부는 스탠리를 칭찬해 주었습니다. 집으로 돌아가는 길에서도 램촙 씨 부부는 스탠리를 여러 번 칭찬했습니다.

그 날 밤, 호그손 부인이 램촙 부인에게 전화를 해 필립과 루시아가 곧 결혼할 거라고 전했습니다.

램촙 부인은 정말 잘 되었다며 축하를 보냈습니다. 그리고 오후에 두 사람을 공원에서 잠깐 봤는데, 참 잘 어울리는 한 쌍이었고, 서로 무척 사랑하는 사이 같았다고 덧붙였습니다.

스탠리가 엄마를 놀렸습니다.

"엄마, 얼마 전까지만 해도 사람들한테 살금살금 다가가거나, 몰래 다른 사람들을 살피는 건 나쁜 행동이라고 하셨잖아요. 그런데 오늘 제가 그렇게 했는데도 왜 야단치지 않으세요?"

"음, 정말 야단맞을 일이지."

램춉 부인은 그렇게 대답하더니 스탠리의 머리에 입을 맞추었습니다.

5. 스탠리와 아서가 펼친 마술 쇼

아서가 한숨을 쉬며 푸념을 늘어놓았습니다.

"신나는 모험은 늘 스탠리 형에게만 일어나요. 신문 기사도 형 이야기뿐이고요. 아무도 나한테는 관심이 없어요."

램촙 부인이 위로했습니다.

"사람들의 관심을 끄는 가장 좋은 방법은 좋은 성격을 갖는 거란다. 친절하고 예의바르고 명랑한 성격은 재치만큼이나 높이 평가받는단다."

아서가 말했습니다.

"제가 그 모든 걸 다 갖출 수는 없잖아요."

램촙 부인은 스탠리를 불러 조용히 귀띔을 해 주었습니다.

"아서가 조금 샘이 나는가 보다."

스탠리가 말했습니다.

"제가 납작해졌을 때는 사람들이 저만 쳐다본다고 샘을 내더니, 이제는 사람들이 절 볼 수 없게 되었는데도 샘을 내는군요."

램촙 부인은 한숨을 쉬며 대답했습니다.

"네가 아서의 기분을 달래 줄 방법을 찾았으면 좋겠다. 한번 생각해 보렴."

바로 그 다음 날, 아주 유명한 방송인이 램촙 씨에게 전화를 걸었습니다.

"램촙 씨, 테디 토커입니다. 사람들에게 인기 있는 텔레비전 프로그램인 '테디 토커 쇼'를 맡고 있는

사람입니다. 혹시 스탠리 군이 제 프로그램에 출연
할 수 있을까요?"

램촙 씨가 대답했습니다.

"스탠리가 그 프로그램에 출연하게 된다면 정말

기쁘고 영광스러운 일이지요. 하지만 아시다시피 스
탠리가 나간다고 해도 아무도 스탠리의 모습을 볼
수는 없을 텐데요."

테디 토커가 대답했습니다.

"제가 스탠리가 무대에 나와 있다고 말하면 될
겁니다. 스탠리와 의논해 보시고 저에게 알려 주십
시오."

스탠리는 방송에 출연하고 싶은 마음은 특별히 없
다고 말했습니다. 하지만 문득 이번 기회에 아서의
기분을 달래 줄 수 있을 거라는 생각이 들었습니다.

스탠리가 말했습니다.

"좋아요. 하지만 아서도 같이 나가야 해요. 아서는
재미있는 농담도 잘 하고, 몇 가지 마술도 하니까 같
이 나가면 좋을 거예요. 우리 형제가 함께 나간다고
말해 주세요."

아서는 정말 기뻤습니다. 그 날 저녁, 두 형제는

머리를 맞대고 방송에 나가 무엇을 보여 줄지 곰곰이 생각했습니다. 다음 날 아침, 램촙 씨는 테디 토커에게 스탠리가 동생 아서와 함께 출연하기로 했다고 전했습니다.

테디 토커가 말했습니다.

"아주 훌륭한 생각입니다! 이번 주 금요일에 출연할 수 있나요? 감사합니다, 램촙 씨!"

금요일 저녁, 텔레비전 방송국에 마련된 무대에서 테디 토커가 인사를 하며 프로그램를 시작했습니다.

"안녕하십니까, 여러분! 오늘 밤에는 아주 특별한 손님들을 모셨습니다. 손님들 중에는 투명인간이 된 소년도 있습니다!"

램촙 씨 부부는 방청석 맨 앞줄에 앉아 다른 방청객들과 함께 박수를 치며 무대 뒤 분장실에서 차례를 기다리고 있는 스탠리와 아서를 생각했습니다.

'얼마나 흥
분될까!'
다른 손님들
은 이미 테디
토커의 책상 옆
에 놓여 있는 소
파에 자리를 잡고
앉아 있었습니다.
테디 토커는 제일
먼저 소시지에 관한 책을
쓴 여자와 이야기를 나누
었습니다. 그러고 나서 랍비가 된 테니스 챔피
언과 이야기를 했습니다. 그 다음 미인 대회에서 일
등을 한 아름다운 여자와 이야기를 나누었는데, 그
여자는 세계 평화를 위해 몸과 마음을 바치겠다고
말했습니다.

  마지막으로 램촙 형제와의 시간이 곧 시작될 거라
는 짧은 광고가 나왔습니다.

  드디어 스탠리가 등장해 이야기를 나눌 시간이 되

었습니다.

테디 토커가 방청객들에게 말했습니다.

"투명인간이 된 스탠리 군이 조금 늦어지게 되었습니다. 아마 곧 도착할 것입니다. 기다리시는 동안에 스탠리 군의 재주 많은 동생인 아서 군과 함께 즐거운 시간을 갖도록 하겠습니다!"

방청객들이 불만을 터뜨리는 소리가 들려 왔습니다.

"동생이라고? 동생도 투명인간인가?"

"이런 젠장."

"그나마 공짜 구경이라서 다행이군."

테디 토커가 말했습니다.

"신사 숙녀 여러분, 아서 램촙 군과 함께 하는 즐거운 마술 시간입니다!"

아서는 램촙 부인이 만들어 준 마법사들이 입는 멋진 검은색 망토를 걸치고는 작은 상자를 들고 무

대로 나왔습니다. 아서는 테디 토커의 책상 위에 상
자를 올려 놓았습니다.

아서가 말했습니다.

"안녕하세요, 여러분! 이 상자는 나중에 사용할
겁니다. 이제 즐거운 시간을 갖도록 하지요! 땅에 있
는 구멍 세 개는 어떻게 생긴 걸까요?"

아서는 미소를 지으며 방청객들의 대답을 기다렸
습니다.

"우물, 우물, 우물거리시는군요."

방청객 중 단지 두 사람만 웃었습니다. 그게 전부였습니다.

램촙 씨 부부 뒤에 앉아 있던 한 여자가 수군댔습니다.

"도대체 무슨 소린지 모르겠네."

램촙 씨가 뒤로 돌아앉아 여자에게 차근차근 설명해 주었습니다.

"우물이라는 것이 땅에 구멍을 파서 생긴 것 아닙니까. 우물, 우물, 우물거렸으니까 세 개의 구멍이 생긴 거죠."

여자가 대답했습니다.

"아하, 바로 그 소리였군요!"

아서가 다시 큰 소리로 말했습니다.

"신사 숙녀 여러분, 그럼, 수수께끼를 하나 더 내겠습니다. 임금님들은 자신과 가장 가까운 오른팔을 어디에 둘까요?"

한 남자가 물었습니다.

"어딘가요?"

아서가 대답했습니다.

"그야 소매 안에 두죠."

많은 사람들이 웃었습니다. 첫 번째 농담을 이해하지 못했던 여자도 이번에는 따라 웃었습니다.

"이번 것은 저도 무슨 소린지 알겠어요."

아서가 다시 큰 소리로 말했습니다.

"이번엔 다른 사람들의 마음을 읽는 걸 보여 드리겠습니다!"

아서는 카드를 섞었습니다. 그러고 나서 테디 토커에게 카드 한 장을 뽑아 보라고 한 다음 말했습니다.

"제가 보지 못하도록 카드를 들고 혼자 보세요! 그리고 머릿속으로 그림을 그려 보세요! 이제 제가

마법의 힘을 써서 정신을 모아 보겠습니다!"

그러더니 아서는 눈을 감고 중얼거렸습니다.

"음…… 음…… 뽑으신 카드는 '하트 4' 군요."

테디 토커가 말했습니다.

"와, 맞아요! '하트 4' 가 맞아요!"

사람들이 웅성거렸습니다.

"와, 정말 희한한걸!"

"저 아이가 정말 사람들의 마음을 읽을 수 있는 걸까?"

"저렇게 어린 나이에 굉장하군!"

"학생, 다시 한 번 해 봐요!"

아서가 대답했습니다.

"그럼, 한 번 더 보여 드리겠습니다."

사실 아서는 모든 카드가 '하트 4' 로만 되어 있는 속임수 카드를 썼던 것입니다. 만약 이번에도 또다시 '하트 4' 라고 하면 들통날 판이었습니다.

하지만 다행히도 두 형제는 이럴 경우 어떻게 할지 미리 준비해 놓았습니다. 무대 뒤에 있던 스탠리는 들고 있던 풍선을 의자에 묶었습니다.

아서는 이번엔 보통 카드를 섞었습니다. 그리고는 방청객들 중에서 한 사람만 나와 달라고 말했습니다. 그러자 나이가 지긋한 한 남자가 무대 위로 올라왔습니다. 스탠리는 지원자 뒤로 살금살금 다가가 섰습니다. 방청객들이 지원자에게 박수를 보냈습니다.

스탠리는 이 모든 일이 너무 신기했습니다.

'수백 명도 넘는 사람들이 무대를 보고 있는데, 그중 단 한 사람도 날 볼 수가 없다니!'

아서가 말했습니다.

"카드를 한 장 뽑아 보세요! 감사합니다! 잘 감추고 계십시오! 하지만 무슨 카드인지 머릿속으로 꼭 생각하셔야 합니다!"

아서는 눈을 꼭 감고 곰곰이 생각하는 척을 했습니다.

한편 스탠리는 지원자의 카드를 살짝 훔쳐 보았습니다. 지원자는 '클로버 10' 카드를 들고 있었습니다. 스탠리는 아서에게 살금살금 다가가 귀에 대고 속삭였습니다.

아서가 눈을 뜨고 말했습니다.

"아, 이제 알겠습니다. 카드는 바로 '클로버 10'이 군요!"

지원자는 감탄한 듯 크게 소리쳤습니다.

"맞아요! 정말 대단하군요!"

지원자가 자리로 돌아갈 때까지 방청객들은 크게 박수를 쳤습니다.

램촙 씨는 몸을 돌려 뒤에 앉아 있던 여자에게 미소를 지으며 말했습니다.

"우리 아들입니다."

여자가 말했습니다.

"정말 똑똑하군요! 선생님 아들이 다음 번엔 무슨 묘기를 보여 줄 건가요?"

램촙 부인은 숨을 깊게 들이마셨습니다.

그 날 아침, 스탠리와 아서는 이웃집 아이에게 애

완용 개구리를 빌려 왔습니다.

램촙 부인은 두 아이가 다음 번에 보여 줄 묘기가 그 날 저녁 묘기 중 가장 놀랄 만한 거라고 생각했습니다.

아서가 말했습니다.

"신사 숙녀 여러분, 새로운 마술을 보여 드리겠습니다! 아서 램촙, 바로 저와 공중에서 춤추는 개구리 헨리입니다!"

아서는 테디 토커의 책상 위에 놓아 두었던 상자에서 헨리를 꺼내고는 위로 들어올렸습니다. 마치 미소를 짓고 있는 것처럼 보이는 헨리는 'H'라는 글자가 새겨진 조그마한 하얀색 티셔츠를 입고 있었습니다. 그 옷 역시 램촙 부인의 솜씨였습니다.

아서가 큰 소리로 말했습니다.

"헨리, 날아 봐! 저 위로 날아가 공중에 떠 있어!"

스탠리는 앞으로 걸어 나가 아서의 손에서 헨리를

　휙 낚아채어 들고는 무대 가장자리로 달려갔습니다. 그런 다음 그 자리에 서서 개구리를 머리 위로 높이 치켜들었습니다. 헨리는 다리를 꿈틀꿈틀거리며 흔들었습니다.

　방청객들이 소리쳤습니다.

　"와, 정말 놀랍다!"

　"세상에 누가 저걸 믿겠어요?"

　"정말 대단한 개구리네!"

　"어떻게 저렇게 공중에 떠 있을 수 있죠?"

　아서가 또다시 명령했습니다.

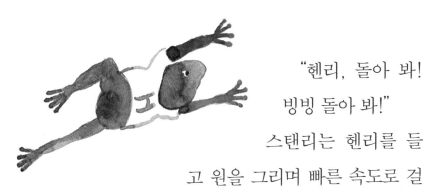

"헨리, 돌아 봐!
빙빙 돌아 봐!"

스탠리는 헨리를 들
고 원을 그리며 빠른 속도로 걸
었습니다.

방청객들은 너무 놀라 입을 크게 벌리며 감탄했
습니다.

"정말 대단한 마술사군요!"

"사람의 마음을 읽질 않나, 개구리를
공중에서 날게 하질 않나!"

"저런 묘기는 흔히 볼 수 있는 게 아
니에요!"

아서는 마치 자기 마
음대로 헨리를 날아

다니게 하는 양, 개구리를 들고 무대를 누비고 있는 스탠리를 향해 쉬지 않고 손가락을 가리켰습니다.

"으악!"

테디 토커는 헨리가 자신이 앉아 있는 책상 위로 획 하고 스치듯 날아가자 놀라서 소리를 질렀습니다. 긴 소파에 앉아 있던 소시지 전문 작가와 랍비가 된 테니스 선수, 그리고 미인 대회의 우승자도 깜짝 놀라며 고개를 밑으로 숙였습니다.

공중을 나는 개구리 헨리의 비밀을 미리 알고 있던 램춉 씨 부부가 봐도 아주 신기했습니다.

마침내 아서는 큰 박수를 받으면서 헨리를 다시 손으로 받아들고는 작은 상자 안에 집어 넣었습니다.

스탠리는 미소짓는 자기 얼굴이 그려진 풍선이 있는 곳으로 살금살금 걸어 돌아갔습니다. 계획대로라면 테디 토커가 투명인간이 된 소년이 방금 도착했다고 하면서 자기를 소개할 차례였기 때문입니다.

그런데 느닷없이 아서가 무대 위로 다시 나오더니 방청객들에게 말했습니다.

"저에게 이렇게 큰 박수를 보내 주셔서 감사합니다. 솔직하게 말씀드릴 게 있습니다. 첫 번째 '카드 맞추기' 마술은 제가 혼자서 한 것입니다. 하지만 두 번째 보여 드린 마술은…… 사실 저는 사람의 마음을 읽을 수 없습니다. 그리고 공중에서 춤추는 개구리 헨리도……."

방청객들은 웅성거렸습니다.

"사람의 마음을 읽을 수가 없다고?"

"그럼 우리를 속였단 말이야?"

"개구리도 거짓말을 한 거야?"

"이 어리석은 사람아, 개구리가 그런 게 아니지!"

"기다려 봐, 아직 말이 다 끝난 것도 아닌데!"

아서가 계속 말했습니다.

"제발 끝까지 제 말을 들어 주세요! 모든 것을 저

혼자의 힘으로 해냈다고 믿게 하는 건 옳지 않은 것
같아서요! 저를 도와 주었던 사람이 있습니다! 두
번째 마술에서 그 사람은 지원자의 카드를 살짝 훔
쳐 보고 제게 귀띔을 해 주었습니다. 그리고 그 사람
은 개구리 헨리가 날아다니는 것처럼 보이도록 했습
니다!"

아서가 그렇게 말하자 방청객들은 어리둥절할 따
름이었습니다.

"그럼 누가 한 거지?"

"도와 준 사람이라니?"

"그럼 저 개구리도 그저 흔한 보통 개구리였단 말
이야?"

"하지만 날아다니는 개구리도 있다고 하던대!"

"날아다니는 개구리가 아니라 다람쥐 아니야?"

"그럼 누군가가 날아다니는 것처럼 보이게 한 거
야?"

아서는 계속 말했습니다.

"스탠리 형이 도와 줬어요. 스탠리 형은 제가 이 프로그램에 나올 수 있게 해 주었답니다! 우리 형은 정말 착하거든요. 형에게 얼마나 고마운지 몰라요!"

그 때, 테디 토커가 자리에서 벌떡 일어서더니 스탠리를 소개하기 시작했습니다.

"신사 숙녀 여러분, 이제 아주 특별한 손님을 소개

하겠습니다. 사실 아까부터 계속 우리와 함께 자리를 하고 있었습니다! 투명인간이 된 소년! 스탠리 램촙 군입니다!"

스탠리는 미소짓는 얼굴이 그려진 풍선을 들고 무대로 나왔습니다. 아서가 손을 내밀었기 때문에 방청객들은 스탠리가 아서의 손을 잡았다는 걸 알 수 있었습니다. 아주 큰 박수 소리가 뒤따랐습니다.

두 형제는 방청객을 향해 연거푸 인사를 했습니다. 스탠리의 풍선이 아래위로 움직였습니다.

방청객들은 아서의 얼굴이 점점 더 밝아지는 걸 보았습니다. 박수를 치던 램촙 씨 부부는 아서뿐만 아니라 풍선에 그려 넣은 스탠리의 얼굴까지도 점점 더 환해지고 있다는 느낌을 받았습니다.

램촙 씨 부부 뒤에 앉아 있던 여자가 말했습니다.

"저도 아이가 둘이에요. 투명인간도 아니고 또 무대에 설 만한 재주를 가진 아이도 아니죠. 우리 가족은 정말 너무 평범하답니다."

램촙 씨는 미소를 지으며 대답했습니다.

"저희도 마찬가지예요. 대개의 경우가 다 그렇죠."

아서는 무대 밖으로 나왔습니다.

스탠리는 소시지에 관한 책을 쓴 작가와 미인 대회에서 우승한 여자 사이에 앉아서 테디 토커의 질문에 대답했습니다. 스탠리는 자기가 어떻게 투명인간이 됐는지 모르겠지만, 사람들과 종종 부딪히고, 자기가 어디 있는지 일일이 말로 알려야 하기 때문에 투명인간이 된 것이 그리 좋은 것만은 아니라고 덧붙였습니다.

얼마 후, 테디 토커가 초대 손님들에게 나와 줘서 고맙다는 인사말을 하면서 프로그램을 끝맺었습니다.

집으로 돌아온 아서는 모든 일이 계획대로 잘 진행되어 기분이 좋았습니다.

아서가 말했습니다.

"박수 소리가 대단했어요. 다 형이 도와 준 덕분이죠. 제가 잘 해서 그런 게 아니니까 너무 뽐내지 말아야겠어요."

램촙 부인이 말했습니다.

"무대에 서는 사람들에게 차분한 마음과 유머는 아주 중요한 조건이란다. 얼마나 차분히 유머를 이끌어 가느냐에 따라 사람들에게 인정을 받을 수도 있고, 그렇지 못할 수도 있지. 오늘 아서는 그 두 가지 점을 모두 갖추었단다. 그나저나 날이 밝는 대로 당장 헨리를 돌려 주도록 해라. 자, 이제 잘 시간이다."

6. 은행 강도를 잡은 스탠리

램춥 씨와 스탠리와 아서는 모여 앉아 저녁 뉴스를 보고 있었습니다.

"…… 더욱더 끔찍한 사건과 폭력이 내일도……."

사회자는 그 지방에서 벌어진 사건으로 뉴스를 끝맺고 있었습니다.

"우리 도시에 오늘 또다시 은행 강도 사건이 발생했습니다. 이 달 들어 벌써 세 번째 사건이며 이전에는 볼 수 없었던 이 끔찍한 은행 강도들은……."

느닷없이 램춥 부인이 스위치를 끄면서 말했습니다.

"이제 범죄 사건은 지긋지긋해요! 자, 어서 와서
저녁 식사나 하세요!"

스탠리는 무슨 뜻으로 이전에는 볼 수 없었던 끔
찍한 은행 강도들이라고 하는지 궁금했습니다.

다음 날 오후, 아버지와 산책을 나갔던 스탠리는
그것이 무슨 뜻이었는지 알게 되었습니다. 집으로

돌아오는 길에 스탠리와 램촙 씨는 은행 앞을 지나가게 되었습니다.

램촙 씨가 말했습니다.

"이 수표를 현금으로 바꿔야 하는데, 은행 안이 몹시 붐비는구나. 스탠리, 넌 여기서 기다리도록 해라."

스탠리는 밖에서 아빠를 기다리고 있었습니다.

갑자기 은행 안에서 누군가가 큰 소리로 외쳤습니다.

"여자 은행 강도들이다! 텔레비전에서 방송한 그대로야!"

"뉴스를 들을 때는 비웃기까지 했는데!"

"나도 그래!"

바로 그 때, 드레스를 잘 차려 입고 근사한 모자를 쓴 두 여자가 은행 밖으로 달려나왔습니다. 그들 중 한 사람은 땅딸막하고, 또 한 사람은 키가 훤칠하게 컸는데, 두 여자 모두 한 손에는 가방을, 다른 한 손

에는 권총을 들고 있었습니다.

땅딸막한 여자가 은행 쪽을 뒤돌아보며 높고 거친 목소리로 소리쳤습니다.

"모두 꼼짝하지 말고 있어라! 절대로 밖으로 달려 나올 생각은 하지 말아라! 그랬다가는…… 빵! 빵!"

키가 큰 여자도 어색한 목소리로 덧붙였습니다.

"그래 맞아! 우리가 여자라고 총을 쏘지 못할 거라는 어리석은 생각은 하지 마라!"

스탠리는 문득 아무리 투명인간이 되었다고 해도 총알이 몸을 뚫고 지나가면 무사하지 못할 거라는 생각이 들었습니다. 그래서 얼른 숨을 만한 곳을 찾아보았습니다.

조금 떨어진 곳에 아무도 타고 있지 않은 '맛난 아이스크림' 트럭이 세워져 있었습니다. 스탠리는 그 트럭으로 훌쩍 올라탔습니다. 그런데 들고 있던 풍선의 줄이 문에 끼는 바람에 풍선은 트럭 밖에 둥둥 떠 있는 꼴이 되었습니다. 하지만 스탠리는 겁이 나서 그것을 어떻게 해 볼 엄두를 내지 못했습니다.

스탠리는 '맛난 초콜릿 아이스크림', '맛난 딸기 아이스크림', '맛난 크런치 아이스크림'이라고 적혀 있는 마분지로 만든 아이스크림 통 뒤에 숨어서 웅크리고 앉았습니다. 그런 다음 살금살금 밖을 내다보았습니다.

은행 안에서 울리는 경보 사이렌과 사람들이 외치는 소리가 들려 왔습니다.

"하하! 이제 너희들도 별 수 없을 거다. 곧 경찰이 올 테니까!"

"숙녀분들, 어서 돈을 있던 곳에 도로 갖다 두시지!"

그 때, 스탠리는 두 명의 여자 은행 강도가 돈 가방을 들고 자기가 있는 쪽으로 달려오는 것을 보았습니다. 은행 강도들은 멈춰 섰습니다. 그러더니 '맛난 아이스크림' 트럭으로 올라탔습니다.

스탠리는 다시 웅크린 채 숨을 죽이고 있었습니다.

은행 강도들은 트럭에 올라타더니 스탠리가 숨어
있는 곳으로 가까이 다가왔습니다. 놀랍게도 땅딸막
한 여자가 굵고 낮은 목소리로 말했습니다.

"서둘러! 구두 때문에 발이 아파 죽겠네!"

키가 큰 여자가 '맛난 크런치 아이스크림' 통을
열었습니다. 스탠리가 보니 통 안은 텅텅 비어 있었

습니다. 은행 강도들은 가방에서 돈을 꺼내 통에다 쏟아 붓더니 뚜껑을 닫았습니다.

　그 다음엔 정말 놀랄만한 일이 벌어졌습니다.

　스탠리는 믿을 수 없다는 듯 눈을 동그랗게 뜨고 은행 강도들을 바라보았습니다.

　은행 강도들은 모자를 벗어 옆으로 던져 놓고는 가발을 세게 잡아당겨 벗었습니다. 그러고는 머리

위로 드레스를 올리더니 훌렁 벗어 던졌습니다.

스탠리는 그제야 두 사람이 여자가 아니라 남자라는 걸 깨달았습니다.

두 남자는 드레스 안에 아이스크림을 파는 사람들이 입고 다니는 흰색 바지와 흰색 티셔츠를 입고 있었는데, 바지는 돌돌 말아 위로 올려 두었던 것이었습니다.

땅딸막한 강도가 여자 구두를 휙 벗어 던지고 흰색 운동화로 갈아 신으면서 말했습니다.

"후유! 속이 다 후련하네!"

키가 큰 남자가 대답했습니다.

"랄프, 절대로 우릴 잡진 못할 거야."

강도들은 돌돌 말아 위로 올려 놓았던 바지를 풀어서 벗은 다음, '맛난 초콜릿 아이스크림'이라고 적혀 있는 텅 빈 통에 여자 옷을 집어던졌습니다. 그러고는 서둘러 앞좌석으로 옮겨 앉은 다음, 키가 큰 남자가 운전을 해서 무서운 속도로 달아났습니다.

아이스크림 통 뒤에 숨어 있던 스탠리는 다시 한 번 숨을 죽였습니다. 빈틈이 없는 이 강도들은 잡힐 것 같지 않았습니다. 이번에도 틀림없이 빠져나갈 판이었습니다. 어느 누구도 '맛난 아이스크림'을 파

는 이 두 남자가 여자처럼 옷을 차려 입었던 것이라고는 생각하지 못할 테니까 말입니다.

그런데 트럭의 속도가 점점 늦춰지더니 트럭이 멈춰 섰습니다.

스탠리는 밖을 살짝 내다보았습니다.

경찰차가 도로를 가로막고 서 있었고, 두 명의 경찰관이 차 옆에 서서 지나가는 차들을 조사하고 있었습니다. 조금 뒤, 경찰관들이 '맛난 아이스크림' 트럭으로 다가왔습니다.

첫 번째 경찰관이 운전사에게 말했습니다.

"은행이 털렸습니다. 범인은 두 여자였습니다. 혹시 수상해 보이는 여자 두 명을 보지 못하셨습니까?"

키가 큰 남자가 머리를 가로저으며 말했습니다.

"이런 세상에! 날이 갈수록 여자들이 못하는 게 없어지는군요. 옛날엔 그런 일들은 남자들만 했었는데. 정말 요즘 여자들은 대담해요!"

옆에 있던 땅딸막한 남자가 말을 가로막으며 둘러 댔습니다.

"하지만 하워드, 이건 은행 강도 사건이야. 나쁜 일이라고."

두 번째 경찰관이 트럭 뒤를 들여다보며 동료에게 말했습니다.

"여긴 단지 아이스크림밖에 없군."

스탠리는 생각했습니다.

'이런, 속임수가 통하는구나! 어떻게 해야 할까?'

갑자기 좋은 생각이 떠올랐습니다. 스탠리는 손을 뻗어 '맛난 초콜릿 아이스크림' 통의 뚜껑을 확 열어 젖혔습니다.

두 번째 경찰관이 말했습니다.

"뚜껑이 제대로 닫혀 있지 않군요. 뚜껑을 꽉 닫는 게 좋겠습니다! 아니, 이것 좀 보게! 이 통 안에 여자 옷이 가득 들어 있어!"

키가 큰 남자가 슬픈 표정을 지으며 말했습니다.

"오, 가난한 사람들에게 갖다 주려고요. 그것들은 돌아가신 제 어머니의 옷이랍니다."

스탠리는 다시 '맛난 크런치 아이스크림' 통의 뚜껑을 확 열어 젖혔습니다. 그러자 이번에는 돈 뭉치가 보였습니다.

"어머니가 상당히 부자셨나 보군요."

첫 번째 경찰은 그렇게 말하면서 권총을 꺼내 들었습니다.

"둘 다, 손들어!"

강도들에게 수갑을 채우는 동안 다른 경찰차가 달려왔습니다.

램촙 씨가 경찰차에서 서둘러 내렸습니다.

램촙 씨가 말했습니다.

"저 트럭에 매달린 풍선! 저 풍선을 따라왔습니다. 스탠리, 너 혹시 이 안에 타고 있니?"

스탠리가 대답했습니다.

"예! 전 괜찮아요. 은행 강도들이 붙잡혔어요! 여자가 아니라 여자처럼 옷을 차려 입고 일을 저질렀던 거예요."

수갑이 채워진 은행 강도들은 어리둥절했습니다.

"아니, 누가 우리 트럭 안에서 말하고 있는 거지?"

"문에다 풍선을 매달아 놓은 게 누구냐고?"

"우리 머리가 어떻게 된 게 아닐까?"

램촙 씨가 말했습니다.

"내 아들, 스탠리다. 불행히도 투명인간이 되었지. 다치지 않고 이렇게 무사하다니 정말 다행이다!"

첫 번째 경찰관이 말했습니다.

"아하! 텔레비전에서 본 투명인간이 된 소년인가 보군요!"

키가 큰 강도가 신음 소리를 내며 말했습니다.

"투명인간이 된 소년? 아니, 우리가 얼마나 철저

히 계획했던 일인데……."

땅딸막한 남자가 어깨를 으쓱이며 말했습니다.

"하워드, 모든 일이 뜻대로 되는 건 아니야. 너무 자신을 탓하지 말게."

은행 강도들은 감옥으로 끌려가고, 스탠리와 램촙 씨는 택시를 타고 집으로 돌아왔습니다.

무슨 일이 있었는지 들은 램촙 부인은 스탠리에게 너무 위험한 행동이었다고 나무랐습니다.

아서는 '세상에! 그 상황에서 아이스크림 통의 뚜껑을 열어 젖히다니!' 라고 말하면서 자기도 그런 상황에 있었더라면 자기도 형과 똑같이 행동했을 거라고 말했습니다.

7. 스탠리 되돌리기 작전

램촙 씨 부부는 아이들에게 잘 자라고 인사를 하고 방에서 나왔습니다.

잠시 동안 두 형제는 침대에 조용히 누워 있었습니다.

아서가 하품을 하면서 말했습니다.

"형, 잘 자. 좋은 꿈 꿔."

"좋은 꿈? 허, 참!"

"'허, 참' 이라니?"

스탠리가 말했습니다.

"오늘 만난 은행 강도들 말이야. 강도들은 총을 가지고 있었어! 까딱 잘못했으면 내가 총에 맞았을지도 몰라. 설사 내가 총에 맞았더라도 아무도 몰랐을 거야."

아서는 일어나 앉으며 말했습니다.

"그렇게는 생각하지 못했어. 그런데 형, 나한테 화났어?"

"아니, 그런 건 아니야. 하지만……"

스탠리는 한숨을 짓더니 계속 말했습니다.

"……난 더 이상 이렇게 투명인간으로 살고 싶지 않아. 오늘은 정말 겁이 나더라. 그리고 이젠 저 풍선을 들고 다니는 것도 지긋지긋해. 하지만 풍선을 들고 다니지 않는다면 사람들과 난 계속 부딪치겠지. 거울을 들여다봐도 아무것도 보이지 않기 때문에 내가 어떻게 생겼는지 기억조차 가물가물하다고. 납작이가 되었을 때와 아마 비슷할 거야. 그 때도 처음 얼마 동안은 괜찮았지만, 시간이 지날수록 사람들이 날 비웃었잖아."

아서는 자랑스럽게 말했습니다.

"그래서 내가 다시 형을 통통하게 부풀려 줬잖아. 다들 나보고 정말 똑똑하다고 칭찬했었는데."

"그래, 그러니까 이번에도 날 고쳐 봐!"

스탠리의 목소리는 가늘게 떨리고 있었습니다.

아서는 스탠리 형의 침대 쪽으로 건너가 침대 가장
자리에 걸터앉았습니다. 침대 이불 밑으로 발 하나가
느껴져서 아서는 형의 발을 토닥이며 말했습니다.

"정말 미안해. 내가 할 수만 있다면……."

바로 그 때, 노크 소리가 들렸고, 램촙 씨 부부가
들어왔습니다.

"너희 둘, 아직도 이야기하고 있니? 어서 잠을 자
도록 해라."

아서는 부모님께 스탠리 형이 고민이 많은 것 같
다고 말했습니다.

스탠리가 말했습니다.

"친구들이 파티를 했는데, 두 번이나 절 부르지 않
았어요. 제가 계속 풍선을 흔들어 대도 옆에 있다는
걸 자꾸 잊어버리는 것 같아요."

램촙 부인이 말했습니다.

"가엾은 스탠리, '보지 않으면 마음도 멀어진다'

는 속담도 있잖니."

램촙 부인은 스탠리 쪽으로 다가가 팔을 뻗어 스탠리를 끌어 안으려고 했습니다. 하지만 스탠리가 일어나 앉던 참이라 서로 어긋나고 말았습니다. 램촙 부인은 어렵게 스탠리를 찾아 낸 다음, 꼭 끌어안았습니다.

아서가 말했습니다.

"안 되겠어요! 우리 이 문제를 어떻게 해결할지 생각해 봐야 할 것 같아요!"

램촙 씨가 머리를 가로저으며 말했습니다.

"댄 의사 선생님도 스탠리를 어떻게 치료해야 할지 모른다고 하셨잖니. 고약한 날씨와 과일과의 연관성 말고는 다른 원인을 모른다고 하셨어!"

스탠리는 여전히 떨리는 목소리로 말했습니다.

"그렇다면 전 영원히 이 상태로 살아야겠네요. 제가 더 자라서 키가 커져도 아무도 절 볼 수가 없겠군요."

아서는 다시 곰곰이 생각을 해 보더니 말했습니다.

"스탠리 형은 과일을 먹었어요. 그리고 폭풍우가 몰아쳤죠. 어쩌면…… 잠깐만요!"

아서는 자기 생각을 말했습니다.

램촙 씨 부부는 마주 보았습니다. 그러고는 스탠리가 있을 만한 곳으로 눈길을 보내다가 다시 마주 보았습니다.

스탠리가 말했습니다.

"전 두렵지 않아요. 한번 해 봐요!"

램촙 씨도 고개를 끄덕였습니다.

"그래, 손해 볼 건 없겠다."

램촙 부인도 생각이 같았습니다.

"저도 그렇게 생각해요. 좋아, 아서! 네 계획에 필

요한 물건을 모아 보도록 하자."

아서가 말했습니다.

"다들 준비되셨죠? 스탠리 형이 투명인간이 된 날 밤과 똑같아야 해요."

스탠리가 대답했습니다.

"난 지금 투명인간이 되던 날 밤에 입었던 푸른색 에 흰색 줄무늬가 있는 잠옷을 입고 있어. 그리고 사 과 하나와 건포도 한 통을 가지고 있어."

아서가 말했습니다.

"진짜 폭풍우를 만들어 낼 수는 없지만, 이렇게 하 면 될 거예요."

아서는 화장실로 들어가 세면대와 샤워기의 물을

틀고는 말했습니다.

"비는 준비됐어요."

그리고는 다시 방으로 돌아와 말했습니다.

"제가 바람소리를 낼게요."

램촙 부인은 부엌에서 가져온 나무 주걱과 커다란 프라이팬을 들고는 말했습니다.

"천둥도 준비됐어요."

램촙 씨는 연장 통에서 가져온 엄청나게 큰 손전등을 들어 보이며 말했습니다.

"번개도 준비됐다."

스탠리는 사과를 들어올리면서 물었습니다.

"지금?"

아서가 대답했습니다.

"형, 유리창 옆에 가서 서. 가만있자…… 음, 어두웠었지."

아서는 불을 껐습니다.

"자, 이제 어서 먹어, 휘이이익!"

아서는 바람소리를 냈습니다.

스탠리는 사과를 먹기 시작했습니다.

화장실에서 물 흐르는 소리가 들려 왔습니다. 세면대와 욕조 안으로 물이 철철 흘러내렸습니다.

아서가 계속 소리를 냈습니다.

"휘이이이익!…… 휘이이익!"

램촙 부인은 나무 주걱으로 프라이팬을 두들겼습니다. 쾅쾅! 꼭 천둥소리 같았습니다.

아서가 말했습니다.

"이제 번개를 쳐 주세요."

램촙 씨는 손전등을 켠 다음, 사과를 다 먹은 스탠리를 향해 불빛을 깜빡거렸습니다.

아서가 말했습니다.

"형, 이제 건포도를 먹어. 한 번에 하나씩, 휘이이익! 휘이이익!"

스탠리는 작은 통을 열어서 건포도를 하나씩 꺼내 먹기 시작했습니다.

아서는 계속 '휘이이익' 바람소리를 내면서 마치 자기 앞에 관현악단을 두고 지휘하는 것처럼 이리저리 손을 가리켰습니다. 왼손으로는 램촙 부인에게 프라이팬을 두들기라는 신호를 보내면서 오른손으로는 램촙 씨에게 손전등을 켰다 껐다 하라고 신호를 보냈습니다. 그러고는 고개를 끄덕여 스탠리 형에게 건포도를 먹으라는 신호를 보냈습니다.

콸콸…… 철철…… 화장실에서 물이 흘러내렸습니다.

아서가 '휘이이익!' 하며 바람소리를 냈습니다.

쾅쾅! 프라이팬이 천둥소리를 냈습니다.

번쩍! 번쩍! 손전등이 비췄습니다.

램촙 부인이 나직이 말했습니다.

"만일 누가 지금 우리가 이러고 있는 걸 보게 된다

면, 이 상황을 어떻게 설명해야 할지 정말 힘들 것 같네요."

스탠리는 자기 몸을 내려다보더니 말했습니다.

"아무리 그래도 소용 없어요. 난 아직도 투명인간이거든요."

아서가 말했습니다.

"형, 한번 빙 돌아 봐. 어쩌면 어떤 일정한 각도로 소리와 불빛을 받아야 하는지도 몰라!"

스탠리는 빙빙 돌면서 건포도를 세 개 더 먹었습니다. 스탠리 위로 불빛이 번쩍거렸습니다. 철철 넘치는 물 소리도 들렸습니다. 아서는 계속 휘이이익거리면서 바람소리를 냈습니다. 그리고 나무 주걱으로 프라이팬을 내리치는 소리가 들렸습니다.

스탠리는 온 가족이 자기를 위해 얼마나 애를 쓰고 있는지 느낄 수 있었습니다. 가족 모두 얼마나 자기를 아끼고 사랑하는지 말입니다. 하지만 스탠리는 여전히 투명인간으로 남아 있었습니다.

스탠리가 말했습니다.

"이제 건포도가 하나밖에 남지 않았어요. 아무 소용이 없나 봐요."

램촙 부인도 안타까운 듯 슬픈 목소리로 말했습니다.

"불쌍한 스탠리!"

아서는 어쩌면 다시는 형의 모습을 볼 수 없을지도 모른다고 생각하니 견딜 수가 없었습니다. 아서는 쉽게 포기하지 않았습니다.

"스탠리 형, 남아 있는 건포도를 마저 먹어. 그렇게 해!"

스탠리는 마지막 건포도를 먹었습니다. 그런 다음, 다시 한 번 빙빙 돌았습니다. 램촙 부인은 프라이팬을 두들겼습니다. 램촙 씨는 손전등을 비쳤습니다. 아서는 마지막으로 '휘이이익!' 바람소리를 냈습니다.

아무 변화가 없었습니다.

스탠리가 용기를 내어 밝은 목소리로 말했습니다.

"어쨌든 속은 든든하네요."

그러다가 스탠리는 손을 얼굴에 갖다 대고 말했습니다.

"그런데…… 몸이 근질근질해요."

램촙 씨가 말했습니다.

"스탠리, 너 혹시 손으로 얼굴을 만지고 있니? 내 생각에 내가 네 손을 본 것 같구나!"

아서가 불을 켜면서 말했습니다.

"형 잠옷도 보여!"

스탠리 램촙의 윤곽이 희미한 줄무늬와 함께 유리창에 비쳤습니다. 하지만 램촙 씨 가족들은 여전히 잠옷의 줄무늬를 통해서

옆집을 볼 수 있었습니다.

그러다 마침내 스탠리의 모습이 확실히 드러났습니다. 줄무늬 잠옷을 입은 스탠리가 이전의 모습 그대로 서 있었습니다!

스탠리가 소리쳤습니다.

"발이 보여요! 바로 나예요!"

"'나'가 아니라 '저'라고 해야지."

램촙 부인은 재빨리 달려가 스탠리를 꼭 끌어안았습니다.

램촙 씨는 아서와 악수를 했습니다. 그러고 나서 가족 모두 화장실로 달려가 거울에 자기 모습을 비춰 보고 있는 스탠리를 바라보았습니다. 램촙 부인은 스탠리가 투명인간이었을 때는 별 문제가 없지만, 이젠 정말 무슨 일이 있어도 머리부터 잘라야겠다고 말했습니다.

램촙 부인은 스탠리가 원래 상태로 돌아온 것을

축하하기 위해 따뜻한 코코아를 타 왔습니다. 그리
고 아서의 총명함을 칭찬했습니다.

램촙 씨가 말했습니다.

"이런 식으로 만든 가짜 폭풍우는 믿을 만한 것이

못된다. 고약한 날씨 속에서 과일을 먹을 때는 한 번 더 생각해 봐야 할 거야. 특히 유리창 옆에서는 말이다."

두 형제가 다시 자리에 눕자 램촙 씨 부부는 이불을 덮어 주었습니다.

램촙 씨 부부가 불을 끄면서 말했습니다.

"잘 자거라."

스탠리와 아서도 부모님께 인사를 했습니다.

"안녕히 주무세요."

스탠리는 일어나서 화장실 거울에 다시 한 번 자신의 모습을 비추어 보았습니다. 그러고는 돌아와 말했습니다.

"아서야, 고맙다. 납작하게 되었을 때도 구해 주더니, 이번에도 다시 날 구해 주었구나."

아서는 하품을 하면서 대답했습니다.

"어, 글쎄……. 스탠리 형? 이제 웬만하면 얼마 동안은 보통 사람처럼 평범하게 지내도록 해."

스탠리가 대답했습니다.

"그래, 그렇게 하도록 할게."

얼마 후, 두 형제는 깊은 잠에 빠졌습니다.

옮긴이의 말

우르릉 쾅쾅! 천둥소리가 요란하고 무섭게 번개가 치던 밤이었습니다. 잠을 이루지 못하던 스탠리는 유리창가에 앉아 허기진 배를 사과와 건포도로 달랬습니다.

다음 날 아침 일어난 스탠리, 이번에는 그만 투명인간이 되어 버렸어요. 스탠리의 모습도, 입고 있는 옷도 보이지 않습니다. 사람들에게 부딪힐까 봐 자신의 미소짓는 얼굴이 그려진 풍선을 들고 학교로 향하는 스탠리.

투명인간이 된 스탠리는 딱한 처지에 있는 사람들을 남몰래 도와 줍니다. 심지어는 여장을 한 채 은행을 털고 다니는 강도들을 체포하는 데 대단한 활약을 하지요. 또한 신나는 일들이 늘 형에게만 일어나서 속이 상했던 아서도 형 덕분에 유명한 텔레비전 프로그램에까지 나가게 됩니다.

하지만 신나는 시간은 잠깐이고 예전의 모습으로 돌아가고 싶은 스탠리. 우울해하는 스탠리 형을 또 한 번 동생 아서가 도와 줍니다.

여러분이 잘 알고 있듯이 이번에도 여지없이 진짜 영웅은 아서

랍니다. 납작이가 되었던 형을 아서가 자전거 펌프로 구해 주었던 일을 기억합니까? 투명인간이 된 스탠리 형. 아서는 어떻게 형을 이 곤경에서 구해 줄까요?

지혜연